中華繪本系列

從小讀經典 1

三國演義

[明] 羅貫中 著

董俊

董宏猷（改寫）

說一說三國的歷史故事

《三國演義》是我們常說的四大名著之一，歷史演義小說的經典之作。「演」，就是「演說」；「義」，就是「歷史故事」；「三國演義」，就是關於三國的歷史故事。

那這「三國」究竟是哪三個國家，又怎麼會形成三個國家呢？《三國演義》一開篇就說得很清楚：「話說天下大勢，分久必合，合久必分」。中國古代，每到朝廷腐敗，社會動蕩，老百姓活不下去的時候，就會有很多豪傑趁勢而起。

東漢末年就是這麼個情況。當時爆發了大規模的農民起義，皇帝命令各地的諸侯起兵去打起義軍，可是各地的諸侯聯合消滅了起義軍之後，就想自己稱王稱霸。他們你打我，我殺你，最後形成了三個最厲害的集團：一個是曹操，他自封魏王，他的兒子曹丕（pī）後來自封皇帝，國號「魏」，俗稱「曹魏」；一個是劉備，他自封皇帝，國號「漢」，由於定都在四川成都，四川簡稱「蜀」，所以俗稱「蜀漢」；還有一個是孫權，他的地盤在江南，當了皇帝後，國號「吳」，俗稱「孫吳」。

曹操、劉備、孫權都是亂世中的英雄，每個人身邊都有很多文武俊傑。他們的交鋒與爭戰，讓這短短六十年的時間裏，上演了一幕幕波瀾壯闊的歷史劇。

這些三國的故事，一開始是在我國古代民間流傳。最早是一些零星的故事，後來經過說書藝人的藝術加工，故事情節就越來越豐富，人物形象也越來越飽滿。到了元末明初的時候，有一個非常有學問的人，叫羅貫中（約 1330－約 1400），他非常擅長寫劇本，就把這些故事匯集起來，進一步創作完成了這部《三國演義》。

《三國演義》因為是講故事的書，和正史不同，其中的很多記載，並不是真實的歷史。而且在《三國演義》中，有一個明顯的傾向，那就是「尊劉貶曹」。因為中國古代的封建社會有一種以皇帝為正統的觀念。劉備自稱是漢朝皇室的後裔，他就成了正統的代表；曹操是漢朝的丞相，卻挾天子以令諸侯，所以他就成了「奸雄」。這次的改寫，仍然是在尊重原著的基礎上進行的，包括尊重原著的這種傾向。其實，劉備也好，曹操也好，包括孫權也好，他們都有能力結束國家分裂的局面，統一中國。

《三國演義》塑造了二百多個性格各異的歷史人物，描寫了很多場大大小小、刀光血影的戰爭，可謂波瀾壯闊。而在改寫時，我只能選擇主要的人物、主要的事件。如果小讀者看了這本書，能對《三國演義》有一個整體的印象，再興致勃勃地去看原著，那我的任務就算完成了。

目錄

桃園三結義

那是一千七百多年前的事兒了。那時是東漢末年，天下大亂，老百姓的生活過得很苦。

有一天，河北的涿縣張貼了招兵的通告。圍觀的人很多。

rén qún li yǒu gè mài cǎo xié de hàn zi   kàn zhe
人羣裏有個賣草鞋的漢子，看着
kàn zhe tàn qǐ qì lái
看着，歎起氣來。

zhè hàn zi jiào liú bèi   zì xuán dé   kào mài cǎo
這漢子叫劉備，字玄德，靠賣草
xié biān xí zi wéi shēng
鞋、編席子為生。

liú bèi zhèng zài tàn qì   hū rán bèi hòu yǒu rén dà shēng shuō   nán zǐ hàn dà zhàng fu bú wèi guó jiā chū lì   tàn
劉備正在歎氣，忽然背後有人大聲說：「男子漢大丈夫不為國家出力，歎
shén me qì ya   liú bèi huí tóu yí kàn   zhǐ jiàn shuō huà de rén gāo dà zhuàng shi   hēi liǎn táng bào zi yǎn   yì
甚麼氣呀！」劉備回頭一看，只見說話的人高大壯實，黑臉膛、豹子眼，一
liǎn de luò sāi hú zi   shuō huà cū shēng dà sǎng de
臉的絡腮鬍子，說話粗聲大嗓的。

這個人叫張飛，字翼德，是一個屠戶，為人十分豪爽。

劉備說：「我很想為國家出力，無奈一個人勢單力薄啊！」

張飛說：「嘿！那咱們就一起幹吧。」

兩個人說得高興，就一起到酒館喝酒。

正說着呢，來了一個大漢，
進門就喊：「快拿酒來！」

只見他棗紅臉，丹鳳眼，二尺長
鬚，長相不凡。

原來這個人叫關羽，字雲長，正想去城裏參軍呢。三個好漢一見如故，
張飛就邀請劉備、關羽到他的莊園去，一起商議大事。

張飛家屋後有一座桃園，桃花開得正紅。

三人志同道合，發誓結拜為兄弟。劉備是大哥，關羽是二哥，張飛是三弟。

三兄弟說幹就幹，各自打造了兵器。劉備配的是雙股寶劍，關羽使的是青龍偃月大刀，張飛舞的是丈八長矛。

tā men zhào jí le sì wǔ bǎi rén yì qǐ tóu bèn le guān fǔ
他們召集了四、五百人，一起投奔了官府。

xiōng dì sān rén qīn mì wú jiàn gòng tóng zhàn dòu
兄弟三人親密無間，共同戰鬥，
dǎ le hěn duō shèng zhàng
打了很多勝仗。

hòu lái liú bèi dāng le xiàn lìng kāi shǐ zhāo bīng
後來，劉備當了縣令，開始招兵
mǎi mǎ shǒu xià de shì bīng yuè lái yuè duō
買馬，手下的士兵越來越多。

借刀刺董卓

那時有個大官叫董卓,他領着二十萬大軍衝進首都洛陽,立一個九歲小孩兒劉協當了皇上。

可實際上,董卓手握大權,根本沒把皇上當回事兒。大臣們看他這樣,都挺生氣,可也沒辦法。

有一天，另一個大官王允請了一幫大臣到家裏聚會，說起這事兒，一個個傷心歎氣的。這時卻有一個人「哈哈」大笑。王允一看，原來是曹操。曹操字孟德，為人豪爽、俠氣。

我在董卓手下當官，有機會接近他。

　　^{wáng yǔn shēng qì de wèn}王允生氣地問：「^{nǐ xiào shén me}你笑甚麼？」
^{cáo cāo shuō}曹操說：「^{wǒ xiào nǐ men zhǐ huì shāng xīn tàn qì}我笑你們只會傷心歎氣。
^{wǒ yuàn yì qù shā jiān zéi dǒng zhuó　wèi mín chú hài}我願意去殺奸賊董卓，為民除害。」

　　^{cáo cāo yòu shuō}曹操又說：「^{tīng shuō wáng dà ren yǒu yì kǒu}聽說王大人有一口
^{bǎo dāo　qǐng nǐ jiè gěi wǒ ba}寶刀，請你借給我吧。」^{wáng yǔn gāo xìng de}王允高興地
^{bǎ bǎo dāo gěi le cáo cāo}把寶刀給了曹操。

dì èr tiān，cáo cāo dài zhe bǎo dāo qù jiàn dǒng zhuó
第二天，曹操帶着寶刀去見董卓。
nǎ zhī yí jìn mén jiù kàn jiàn dǒng zhuó de yì zǐ lǚ bù zài
哪知一進門，就看見董卓的義子呂布在
tā shēn biān lǚ bù shì chū le míng de wǔ yì gāo qiáng cáo
他身邊。呂布是出了名的武藝高強，曹
cāo de xīn yí xià jiù liáng le bàn jié
操的心一下就涼了半截。

dǒng zhuó wèn nǐ jīn tiān zěn me lái wǎn
董卓問：「你今天怎麼來晚
la cáo cāo shuō wǒ de mǎ tài shòu le
啦？」曹操說：「我的馬太瘦了，
pǎo bu kuài dǒng zhuó jiù ràng lǚ bù qù gěi cáo cāo
跑不快。」董卓就讓呂布去給曹操
qiān yì pǐ kuài mǎ lái
牽一匹快馬來。

15

cáo cāo yí kàn lǚ bù zǒu le　dǒng zhuó yě zhuǎn shēn
曹操一看呂布走了，董卓也轉身
shuì jiào qù le　hǎo jī huì a　tā gǎn jǐn chōu dāo
睡覺去了，好機會啊！他趕緊抽刀，
xiǎng shā dǒng zhuó
想殺董卓。

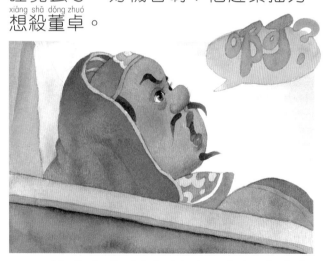

shéi zhī dào dǒng zhuó de chuáng shang guà zhe yí miàn jìng
誰知道董卓的床上掛着一面鏡
zi　tā cóng jìng zi li kàn jiàn cáo cāo chōu dāo　máng fān
子。他從鏡子裏看見曹操抽刀，忙翻
shēn hè wèn　nǐ yào gàn shén me
身喝問：「你要幹甚麼？」

jiù zài zhè shí　lǚ bù yě huí lái le　cáo cāo
就在這時，呂布也回來了。曹操
gǎn máng guì xià　shuāng shǒu jǔ qǐ bǎo dāo　shuō　wǒ
趕忙跪下，雙手舉起寶刀，說：「我
yǒu yì kǒu bǎo dāo　xiǎng xiàn gěi nín
有一口寶刀，想獻給您。」

董卓一看，還真是一口寶刀，就叫呂布收下了。

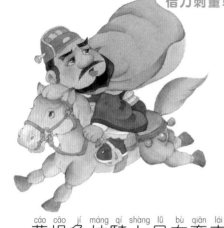

曹操急忙騎上呂布牽來的快馬，飛快地逃跑了。

再說董卓。他後來一想，不對啊！曹操抽刀是想殺我！氣得他立刻下令捉拿曹操。

曹操一直跑到陳留才停下來。他招兵買馬，還寫信給其他人，約他們一塊兒攻打奸賊董卓。

17

gè dì dāng guān　　lǐng bīng de rén jiē dào xìn yǐ hòu　　dōu fèn fēn dài zhe rén mǎ gǎn lái le
各地當官、領兵的人接到信以後,都紛紛帶着人馬趕來了。

liú bèi　　guān yǔ hé zhāng fēi　yě lǐng zhe shǒu xià de bīng lái cān jiā
劉備、關羽和張飛也領着手下的兵來參加。

温酒斬華雄

各路兵馬都到齊了。曹操便大擺酒席，宴請各路將領。

酒席上，大家一致推選大將軍袁紹當討伐董卓的盟主，長沙太守孫堅當先鋒。

董卓的大將華雄很厲害。他趁着黑夜偷襲了孫堅的大營，把孫堅打得狼狽而逃。

19

yuán shào tīng shuō sūn jiān dà bài　　gǎn jǐn zhào jí zhòng jiàng shāng yì　zěn me cái néng dǎ bài dí rén　　kě shì dà jiā dōu
袁紹聽說孫堅大敗，趕緊召集眾將商議怎麼才能打敗敵人。可是大家都
hài pà huà xióng　　shéi yě bù shuō huà
害怕華雄，誰也不說話。

zhè shí　　jiù tīng yǒu yí gè rén gāo shēng hǎn dào　　wǒ yuàn qù shā huà xióng　　　dà jiā yí kàn　　zhǐ jiàn zhè ge
這時，就聽有一個人高聲喊道：「我願去殺華雄！」大家一看，只見這個
rén gāo dà kuí wú　　hóng liǎn　cháng xū　　wēi fēng lǐn lǐn
人高大魁梧，紅臉、長鬚，威風凜凜。

yǒu rén gào su yuán shào　tā shì gè gōng shǒu　míng jiào guān yǔ　shì liú bèi de jié bài xiōng dì　yuán shào yì

有人告訴袁紹：「他是個弓手，名叫關羽，是劉備的結拜兄弟。」袁紹一

tīng　dà shēng hē chì shuō　yí gè xiǎo xiǎo de gōng shǒu　yě gǎn suí biàn shuō huà

聽，大聲呵斥說：「一個小小的弓手，也敢隨便說話！」

cáo cāo jí máng shuō　zhè ge rén zhǎng de wēi wǔ

曹操急忙說：「這個人長得威武，

yǒng qì kě jiā　jiù ràng tā qù ba

勇氣可嘉，就讓他去吧。」

guān yǔ jì xù qǐng zhàn　wǒ yuàn lì xià jūn lìng

關羽繼續請戰：「我願立下軍令

zhuàng

狀！」

曹操給關羽倒上一杯熱酒壯行。關羽卻說：「這酒先放下，等我回來再喝。」

說完，關羽出了大帳，提着大刀上馬去了。

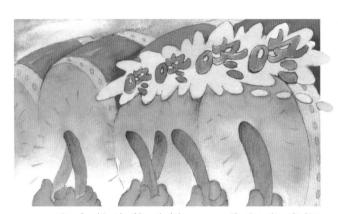

關羽出去不一會兒，就聽見外邊鼓聲震天，喊殺聲響成一片。大家都很緊張。

又過了一會兒，就聽見帳外歡聲雷動，一陣馬蹄聲由遠而近，疾馳而來。

原來是關羽回來了。他進了帳，把手裏提着的東西往地上一扔——大家一看，呵！是華雄的腦袋！這時，曹操給他倒的那杯酒還是溫的呢！

煮酒論英雄

劉備跟着曹操打了勝仗，又見到了皇帝。皇帝一查家譜，原來他還得管
劉備叫叔叔。皇帝心裏很高興，就封劉備當了將軍。從這兒以後，人們又管
劉備叫劉皇叔。

曹操的謀士覺得劉備這人不簡單，將來肯定會成為可怕的對手，不如現在就除掉他。曹操已經當了丞相，說：「我還怕他個小小的劉備？」

劉備雖然胸懷大志，可是也擔心曹操心生懷疑，來謀害他。為了不引起曹操的注意，就裝得窩窩囊囊的樣子，整天在菜園子裏種菜。

zhèng shì méi zi chéng shú de jì jié　　yì tiān　cáo
正是梅子成熟的季節。一天，曹
cāo hū rán pài rén lái qǐng liú bèi dào tā jiā qù
操忽然派人來請劉備到他家去。

cáo cāo bǎ liú bèi qǐng dào hòu huā yuán de liáng tíng
曹操把劉備請到後花園的涼亭
lǐ　yì biān hē jiǔ　yì biān shǎng méi
裏，一邊喝酒，一邊賞梅。

liǎng gè rén hē de zhèng gāo xìng tiān shang hū rán wū yún gǔn gǔn dà yǔ jiāng zhì cáo cāo jiàn tiān shang de wū yún
兩個人喝得正高興，天上忽然烏雲滾滾，大雨將至。曹操見天上的烏雲
xiàng lóng yí yàng jiù wèn liú bèi dāng jīn tiān xià shéi chēng de shàng yīng xióng èr zì liú bèi zhuāng hú tu bǎ
像龍一樣，就問劉備，當今天下，誰稱得上「英雄」二字？劉備裝糊塗，把
dāng shí yǒu diǎnr míng qì de rén āi gè shuō le yí biàn shéi zhī cáo cāo lián lián yáo tóu yí gè dōu qiáo bu shàng liú bèi
當時有點兒名氣的人挨個說了一遍。誰知曹操連連搖頭，一個都瞧不上。劉備
zhǐ hǎo shuō nà wǒ jiù bù zhī dào le
只好說：「那我就不知道了。」

曹操盯着劉備說：「當今天下的英雄，只有將軍你和我兩個人而已！」劉備一聽，嚇得大吃一驚，手裏的筷子也掉了。就在這時，天上響起「轟隆隆」的雷聲。

劉備趁機彎腰撿起筷子，掩飾自己的失態，笑着說：「哎呀呀，好大的雷啊！」

曹操大笑道：「哈哈！男子漢大丈夫難道還怕雷？」劉備說：「這樣大的雷，連聖人都怕，何況我呢？」

就在這時，關羽和張飛趕來了。劉備趁機告辭。

過了不久，劉備找了個理由，離開了曹操，開始發展自己的勢力了。

千里走單騎

曹操當了丞相，皇帝手裏根本沒甚麼權力。皇帝不甘心，就暗中聯絡了劉備等幾個人，想殺掉曹操。

可是這事兒叫曹操知道了。曹操便率領三十萬大軍去攻打劉備。

曹操手下兵將多，謀士也多，他使了個計策，設下埋伏，打得劉備大敗。劉備兄弟三人在亂軍中失散，誰也找不到誰了。

只有關羽還在保護劉備的夫人。曹操包圍了關羽。不過他一向敬重忠義雙全、武藝超羣的關羽，就派大將張遼去勸關羽投降。

關羽為了保護嫂嫂，提出了三個條件：第一，只投降漢朝，不投降曹操；第二，要好好兒地保護着劉備的夫人；第三，一找到劉備，他就要回去。曹操答應了。

為了收買關羽，曹操可真是「優待俘虜」，不但安置好劉備的兩位夫人，而且又是請關羽喝酒，又是送美女和金銀財寶。可關羽把美女和財寶都交給了嫂嫂。

曹操見關羽的衣服舊了，就趕緊派人給他做新衣服。可是關羽把新衣服穿在裏邊，外面還是穿着那件舊的。

曹操問他：「你為甚麼還穿這件舊衣服呀？」關羽說：「我怎麼能有了新的就忘了舊的呢！」曹操聽了很佩服。

又有一天，曹操見關羽的馬很瘦，就把名貴的赤兔馬送給了關羽。關羽高興地行禮感謝說：「這赤兔馬跑得快，要是打聽到劉皇叔在哪兒，我騎着這馬，一天就能見到他。」曹操聽了挺後悔。

有一天，關羽打聽到了劉備的下落，非常高興，就向曹操告別。可是曹操不想讓關羽走，就躲着不見他。

33

關羽見不到曹操，可是他已經決定走了，就寫了封告別信，叫人去送給曹操。

關羽又把曹操送給他的金銀財寶包好，放在桌子上；把當官的大印掛在堂上。

然後他自己騎上赤兔馬，獨自一人護送着兩位嫂嫂，一路風餐露宿，去找大哥劉備去了。

cáo cāo suī rán dà dù　　kě tā de bù xià què bù fú qì　　yí lù shang shè le hěn duō guān qiǎ zǔ lán guān yǔ
曹操雖然大度，可他的部下卻不服氣，一路上設了很多關卡阻攔關羽，
hái yǒu shǒu jiàng qián lái zhuō ná tā　　kě zhè me duō rén　　yě méi néng lán zhù guān yǔ
還有守將前來捉拿他。可這麼多人，也沒能攔住關羽。

guān yǔ yì lián chuǎng guò wǔ guān　　shā le liù yuán dà jiàng
關羽一連闖過五關，殺了六員大將，
yìng shì chuǎng dào le huáng hé biān　　hái zài zhèr de yí zuò gǔ
硬是闖到了黃河邊，還在這兒的一座古
chéng li yù dào le zhāng fēi
城裏遇到了張飛！

zhāng fēi jiàn le tā men　　dà kū qǐ lai　　lián
張飛見了他們，大哭起來，連
máng jiào rén bǎi shè jiǔ xí　　huān qìng tuán yuán
忙叫人擺設酒席，歡慶團圓。

官渡破袁紹

yuán shào shì běi fāng de háo qiáng　　wèi le chēng bà　　tā shuài lǐng qī shí wàn dà jūn qù gōng dǎ cáo cāo
袁紹是北方的豪強。為了稱霸，他率領七十萬大軍去攻打曹操。
yuán shào de rén mǎ yuǎn yuǎn chāo guò le cáo jūn　shuāng fāng dǎ le jǐ zhàng　cáo jūn shī bài　　tuì dào le guān dù
袁紹的人馬遠遠超過了曹軍。雙方打了幾仗，曹軍失敗，退到了官渡。

cáo cāo zài guān dù shǒu le yí gè yuè　　yǎn kàn zhe liáng shi bú gòu chī le　　jiù jí máng pài rén huí xǔ chāng qù cuī liáng
曹操在官渡守了一個月，眼看着糧食不夠吃了，就急忙派人回許昌去催糧。

誰知送信的人走到半路上，被袁紹的人抓住了。

袁紹手下的參謀許攸趕緊獻計：「現在曹操被我們包圍在官渡，許昌城裏肯定沒多少兵，正是我們攻打許昌的好機會！」

袁紹這個人疑心大，又傲慢。他很不客氣地說：「你以前和曹操是朋友，誰知道你是不是想幫着曹操騙我？你滾出去吧！」

許攸的一片好心被誤解了，心裏很委屈。一氣之下，他就去投奔了曹操。

曹操特別高興，連鞋都顧不上穿，光着腳跑出去迎接許攸，還立即擺酒宴，又跟他請教戰勝袁紹的辦法。許攸問：「你的軍糧還有多少？」曹操大大咧咧地說：「這個嘛，還能撐一年吧！」

許攸微微一笑：「是嗎？」曹操「哈哈」笑了笑，又改口：「這個……也不多了，大概半年吧！」

許攸生氣地大喝一聲：「哼！你還在騙我！你已經沒有軍糧了！」曹操嚇了一跳：「你、你怎麼知道的？」

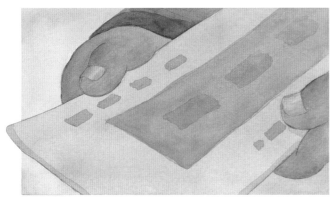

許攸哼了一聲，拿出曹操寫給許昌守將的信：「你自己看看吧！」

曹操這下慌了，一把拉住許攸的手：「先生救我！」

許攸見曹操真心請教，就獻上一條戰勝袁紹的妙計。許攸說：「袁紹的糧草都放在烏巢，你挑選精兵裝扮成袁軍，半夜到烏巢去放一把火，燒了他的軍糧，不出三天，袁軍就會失敗了。」曹操聽了，連連拍手叫好。

當天夜裏，曹操親自率領五千精兵，打扮成袁軍的模樣，沿着小路，悄悄摸進了烏巢，順利地搶了糧草，點着了糧庫。沒一會兒，火光四起，濃煙滾滾，剩餘的糧草全燒光了。

曹軍偷襲烏巢成功後，士氣大旺，一鼓作氣，攻進袁軍大營。袁軍紛紛逃散。袁紹連盔甲都沒來得及穿戴，帶着八百多人，逃過黃河去了。

三請諸葛亮

劉備駐紮在新野的時候，勢單力薄，很需要人幫助他。一次，有一位隱士向他推薦了一位非常有才華的人，說只要得到這個人的幫助，就可以平定天下了。

劉備大喜，打聽到這個人叫諸葛亮，字孔明，從小住在南陽臥龍崗，自稱為臥龍先生。

後來他遷到隆中，和弟弟住在一起。劉備求賢心切，就和關羽、張飛帶着禮物去請諸葛亮。

他們到了隆中，見前邊松林中有一個
院落。劉備親自上前去敲門。

一個小孩兒開了門，說：
「先生早上出去了！」劉備很
失望。

他回到新野後，天天派人
去打聽諸葛亮的消息。

有一天，聽說臥龍先生回來了，劉備就帶着關羽和張飛第二次去拜訪諸葛亮。那時候正是冬天，北風「呼呼」地颳着，還下着大雪。張飛說：「天這麼冷，跑那麼遠的路，真是白費勁兒。」

劉備說：「我頂着大雪去，就是想讓臥龍先生知道我的誠意啊！」

劉備、關羽，張飛三個人來到隆中，又撲了個空，只見到了諸葛亮的弟弟。

過了幾天，劉備第三次去拜訪孔明。那個小孩兒出來開門說：「先生在家。可是正午睡呢！」

劉備說：「你先別叫醒他，我等他一會兒吧。」就悄悄在台階下等着。

等了半天，諸葛亮也沒醒。關羽和張飛在外面等得不耐煩了，就闖了進去。張飛說：「這諸葛亮也太不像話了！等我到後屋放一把火，看他起來不起來！」

liú bèi dèng le tā yì yǎn，jiào tā bié shuō
劉備瞪了他一眼，叫他別說
huà zì jǐ hái shi nài xīn dèng zhe
話，自己還是耐心等着。

yòu dèng le yí gè xiǎo shí zhū gě liàng cái xǐng lái xiǎo
又等了一個小時，諸葛亮才醒來。小
háir shuō liú huáng shū zài mén wài dèng le bàn tiān le
孩兒說：「劉皇叔在門外等了半天了。」

zhū gě liàng shuō āi zěn me bù zǎo gào su wǒ ne tā gǎn jǐn qǐ shēn yíng jiē liú bèi
諸葛亮說：「唉，怎麼不早告訴我呢？」他趕緊起身迎接劉備。

劉備說:「現在漢朝的江山眼看就要完了。我想為天下的老百姓伸張大義,安定國家,所以才來請教先生。」諸葛亮被他的誠心感動,就幫他出了很好的主意。

諸葛亮說,北方有曹操,南方有孫權,勢力都很強大。皇叔想要有一塊自己的地盤,可以去西川發展,等力量足了,再去聯合孫權,攻打曹操,最後,統一天下。

liú bèi yì tīng，fēi cháng pèi fú，máng zhàn qǐ lái xià bài，qǐng zhū gě liàng chū shān bāng zhù tā
劉備一聽，非常佩服，忙站起來下拜，請諸葛亮出山幫助他。

zhū gě liàng gǎn dòng le，jiù dā ying bāng zhù liú bèi，nà yì nián，zhū gě liàng cái èr shí qī suì
諸葛亮感動了，就答應幫助劉備。那一年，諸葛亮才二十七歲。

趙雲救阿斗

曹操率領大軍攻打樊城。劉備趕忙和諸葛亮商量怎麼辦。諸葛亮說：「樊城是守不住了，荊州這地方很重要，還是先佔領荊州吧！」

劉備派關羽和諸葛亮去請救兵，自己帶着軍隊和老百姓，一共十多萬人，向荊州出發了。因為帶着好多老百姓，隊伍走得很慢。

這一天，他們剛走到湖北的當陽縣，突然曹操的五千騎兵追上來了。劉備急忙上前迎戰。可是曹兵多，來勢猛，劉備很快就抵擋不住了。一直打到第二天早晨，劉備才甩掉了追兵。

劉備手下有一員大將，叫趙雲。他發現劉備的夫人和兒子不見了，便不顧生命危險，又殺回來，在亂軍中到處尋找，終於找到了甘夫人、糜夫人和阿斗。

糜夫人左腿受了傷，沒法走路，她為了不拖累趙雲，讓他保護好阿斗，就跳井自殺了。

趙雲把不到兩週歲的阿斗藏在懷裏，拼命突圍。

剛剛闖開一條路，忽然又衝上曹操的四員大將，將他團團圍住，雙方殺得難解難分。

這時，曹操趕來了，他見趙雲勇猛，心裏喜歡，就下令不准放箭，要捉活的。這個命令反倒救了趙雲。他一路拼殺，終於衝出了敵人的包圍，把阿斗安全交給了劉備。

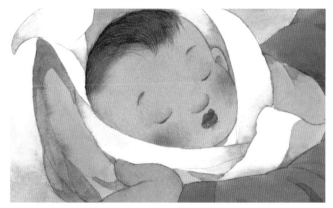

劉備看那阿斗，竟然在趙雲的懷裏睡着了。

劉備氣憤地把阿斗扔到地上，憤憤地說：「為你這小子，差點兒損我一員大將！」

再說曹軍追到長坂橋，只見張飛擰着眉毛、瞪着眼站在橋頭上。曹軍見他氣勢洶洶，又怕他身後的樹林子裏有埋伏，都不敢靠前。

曹操聽說了，急忙騎馬來看。張飛見曹操親自來了，更加挺胸抬頭，神氣十足地高喊：「張飛在此！誰敢來和我決一死戰？」他那大嗓門兒，像打雷一樣，嚇得曹軍連連後退。曹操身旁的一個大將嚇破了膽，從馬上摔了下來。曹操見了，心慌意亂，撥轉馬頭，領着隊伍逃回去了。

草船巧借箭

<small>hòu lái cáo cāo zhàn lǐng le jīng zhōu　liú bèi táo dào le jiāng xià　sūn quán pà cáo cāo lǐng bīng lái dǎ</small>
後來曹操佔領了荊州，劉備逃到了江夏。孫權怕曹操領兵來打
<small>dōng wú　jiù pài rén shuō fú liú bèi　lián shǒu duì kàng cáo cāo</small>
東吳，就派人說服劉備，聯手對抗曹操。

<small>liú bèi dāng rán gāo xìng le　jiù pài zhū gě liàng dào dōng wú qù xié tóng sūn quán zuò zhàn</small>
劉備當然高興了，就派諸葛亮到東吳去協同孫權作戰。

孫權手下的大都督周瑜，也是足智多謀的英雄，可就是心眼兒有點兒小。
他用離間計殺了曹操手下的水軍大將，這事兒被諸葛亮看破了。周瑜覺得諸葛
亮聰明得可怕，就想找機會除掉他。

zhōu yú zhǎo lái zhū gě liàng ，jiāo gěi tā yí gè bù kě néng wán
周瑜找來諸葛亮，交給他一個不可能完
chéng de rèn wu ，ràng tā shí tiān zhī nèi zào chū shí wàn zhī jiàn
成的任務：讓他十天之內造出十萬支箭。

nǎ zhī zhū gě liàng bú dàn bù tuī cí
哪知諸葛亮不但不推辭，
fǎn ér shuō zhǐ yào sān tiān jiù xíng
反而說只要三天就行。

zhōu yú yì tīng ，xīn li àn àn gāo xìng ，lì kè jiào zhū gě liàng dāng miàn lì jūn lìng zhuàng 。yīn wèi 「jūn zhōng wú
周瑜一聽，心裏暗暗高興，立刻叫諸葛亮當面立軍令狀。因為「軍中無
xì yán 」，lì le jūn lìng zhuàng ，rú guǒ wán bu chéng rèn wu ，shì yào shā tóu de 。dōng wú de móu shì lǔ sù shì gè zhōng
戲言」，立了軍令狀，如果完不成任務，是要殺頭的。東吳的謀士魯肅是個忠
hòu de rén ，jiù tì zhū gě liàng zháo jí
厚的人，就替諸葛亮着急。

諸葛亮一點兒也不着急，只是請魯肅借給他二十隻船，每隻船上派三十名士兵，各船都用青布蒙上，船兩邊再紮上一千多個草把。

一天過去了，兩天過去了。眼看到了第三天夜裏，諸葛亮突然把魯肅悄悄請到船上，說：「請你和我一起去取箭吧。」

這天夜裏，江面上起了大霧，甚麼也看不見。諸葛亮叫人把二十隻船用鐵鏈子連起來，一隻緊跟着一隻往北岸開。魯肅驚恐不已：「前面就是曹營！你這不是去送死嗎？」諸葛亮卻只是微笑，不說話。

黎明時分，草船已經靠近了曹操的水寨。諸葛亮叫船頭朝西，船尾朝東；又叫船上的人使勁兒敲鼓吶喊。

曹兵聽見鼓聲和吶喊聲，慌忙去回報曹操。曹操想了想，大霧天，怕有埋伏，還是放箭吧。

於是，曹操的一萬多名弓箭手一齊向江中放箭。那箭像雨點一樣射到了諸葛亮的草船上。

guò le yí huìr　　zhū gě liàng yòu jiào rén bǎ chuán diào guò lái　tóu cháo dōng　wěi cháo xī　cáo bīng de jiàn yòu
　　過了一會兒，諸葛亮又叫人把船掉過來，頭朝東，尾朝西。曹兵的箭又
mì mi má má de shè mǎn le chuán de lìng yí miàn
密密麻麻地射滿了船的另一面。

tài yáng chū lái le　　wù sàn le　　zhǐ jiàn èr shí zhī zhàn chuán liǎng biān de cǎo bǎ shang dōu chā mǎn le jiàn　　zú zú
　　太陽出來了，霧散了。只見二十隻戰船兩邊的草把上都插滿了箭，足足
yǒu shí èr　sān wàn zhī　　zhū gě liàng xià lìng kuài bǎ chuán kāi huí qù　　děng dào cáo cāo míng bai zì jǐ shàng dàng le　　zǎo
有十二、三萬支。諸葛亮下令快把船開回去。等到曹操明白自己上當了，早
jiù zhuī bu shàng le
就追不上了。

huí lái de lù shang，lǔ sù wèn zhū gě liàng： xiān sheng
回來的路上，魯肅問諸葛亮：「先生
zěn me zhī dào jīn tiān huì yǒu dà wù ne zhū gě liàng shuō
怎麼知道今天會有大霧呢？」諸葛亮說：
dāng yí gè jiāng jūn bù zhī dào tiān wén dì lǐ zěn me xíng
「當一個將軍，不知道天文地理怎麼行？
sān tiān qián wǒ jiù suàn chū jīn tiān yí dìng yǒu dà wù suǒ yǐ cái
三天前我就算出今天一定有大霧，所以才
gǎn dā ying zhōu dū du sān tiān zào chū shí wàn zhī jiàn lái
敢答應周都督三天造出十萬支箭來。」

zhōu yú zhī dào le tàn le kǒu qì shuō
周瑜知道了，歎了口氣說：
zhū gě liàng zhēn shi shén jī miào suàn bǐ wǒ gāo
「諸葛亮真是神機妙算，比我高
míng duō le
明多了！」

神算借東風

一天晚上，周瑜把諸葛亮請來，商量攻打曹操的事兒。周瑜說：「曹操的水寨把守很嚴，不容易攻進去。我想了一個辦法，不知道行不行。」諸葛亮說：「都督先別說，咱們把想的辦法各自寫在手心裏，看看一樣不？」

於是，兩個人都用毛筆在手心裏寫了一個字。等寫好了，互相伸手一看，不由得「哈哈」大笑起來。

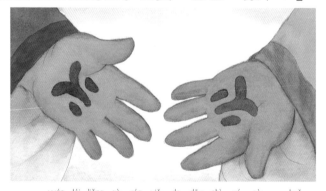

原來兩個人寫的都是一個「火」字。就這樣，周瑜和諸葛亮定下了用火燒曹操水寨的計策。

61

三國演義

周瑜又用「苦肉計」，找碴兒把老將軍黃蓋狠打了一頓，讓黃蓋假裝寫信要投降曹操。曹操要是信了，到時候好來個突然襲擊。

這天，周瑜正在練兵，忽然一陣大風吹得大旗「呼啦啦」飄動。周瑜抬頭一看旗子，猛地倒抽一口涼氣，口吐鮮血，昏倒在地。

lǔ sù jiàn zhōu yú bìng de hěn zhòng　　jí máng qù gào su le zhū gě liàng　　zhū gě liàng shuō　　dū du de bìng wǒ néng

魯肅見周瑜病得很重，急忙去告訴了諸葛亮。諸葛亮說：「都督的病我能

zhì　　lái dào le zhōu yú de dà zhàng　　zhū gě liàng xiào zhe gěi zhōu yú kāi le gè yào fāng

治。」來到了周瑜的大帳，諸葛亮笑着給周瑜開了個藥方。

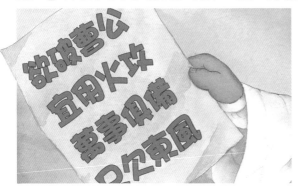

zhōu yú jiē guò lái yí kàn　　nà zhǐ shang xiě

周瑜接過來一看，那紙上寫

le shí liù gè dà zì　　yù pò cáo gōng　　yí yòng

了十六個大字：「欲破曹公，宜用

huǒ gōng　　wàn shì jù bèi　　zhǐ qiàn dōng fēng　　zhōu

火攻；萬事俱備，只欠東風。」周

yú kàn wán　　dà chī yì jīng

瑜看完，大吃一驚。

yuán lái zhōu yú nà tiān kàn dào qí zi piāo dòng de fāng xiàng

原來周瑜那天看到旗子飄動的方向，

hū rán xiǎng dào　　xiàn zài guā de shì xī běi fēng　　yào huǒ shāo

忽然想到，現在颳的是西北風，要火燒

cáo cāo de zhàn chuán　　bì xū guā dōng nán fēng cái xíng　　tā jí

曹操的戰船，必須颳東南風才行。他急

huǒ gōng xīn　　yí xià bìng dǎo le

火攻心，一下病倒了。

如今他這心事一下子全叫諸葛亮說出來了。周瑜忙說：「請先生救救我吧。」

諸葛亮懂得天文，他已經預測出這幾天要颳一場東南風，就說：「我保證借來一場東南風，幫助都督火燒曹營。」周瑜聽了，一下子從床上跳下來，病馬上就好了。

火攻燒赤壁

十一月二十日晚，周瑜和魯肅在大帳中等着颳東南風。可是一直等到下半夜了，也不見起風。

周瑜着急地說：「諸葛亮恐怕是吹牛吧？」話剛說完，就聽帳外風聲「呼呼」，果然颳起了東南風！

周瑜大喜，但又一想：這諸葛亮本事太大了。就急忙叫兩個武將帶人去殺諸葛亮。

哪知道諸葛亮料事如神，早就悄悄回到了夏口，跟劉備匯報完，馬上調兵遣將，進攻曹軍。

tiān hēi yǐ hòu zhōu yú mìng lìng huáng gài dài zhe èr shí zhī huǒ chuán shùn fēng xiàng chì bì de cáo cāo shuǐ zhài jìn fā
　　天黑以後，周瑜命令黃蓋帶着二十隻火船，順風向赤壁的曹操水寨進發，

qù jiǎ tóu xiáng cáo cāo xìn yǐ wéi zhēn jiù lǐng zhe zhòng jiàng yì qǐ dào wài miàn de dà chuán shang děng hòu
去假投降。曹操信以為真，就領着眾將一起到外面的大船上等候。

這時，江上東南風很急，黃蓋的船行駛得很快。不一會兒，曹操就看見了，高興地說：「黃蓋來投降了！」

他身旁的謀士說：「不好！黃蓋的船一定有假！如果裝着糧食，船不可能這麼輕、這麼快。今晚又颳東南風，不能不小心呀！」

曹操一下明白過來，趕緊命令一員大將去阻擋。黃蓋衝上來，一箭射倒大將，指揮着船隊點上火，一齊飛快地向曹操水寨衝去。

huáng gài de huǒ chuán yì chōngshàng qu　　cáo cāo de chuán jiù zháo le huǒ　　nà xiē méi zháo huǒ de chuán yīn wèi dōu yòng tiě

　　黃蓋的火船一衝上去，曹操的船就着了火。那些沒着火的船因為都用鐵

liàn zi suǒ zhe　　pǎo bù liǎo　　yě dōu zháo huǒ le　　zhōu yú jiàn qián bian chéng gōng le　　jiù cóng sì miàn bā fāng xiàng cáo cāo

鏈子鎖着，跑不了，也都着火了。周瑜見前邊成功了，就從四面八方向曹操

de shuǐ zhài jìn gōng

的水寨進攻。

dùn shí　　jiāng miànshang huǒ guāng chōng tiān　　yìng hóng le yè kōng

　　頓時，江面上火光衝天，映紅了夜空。

cáo cāo jiàn zì jǐ de shuǐ zhài biàn chéng le yí piàn huǒ
曹操見自己的水寨變成了一片火
hǎi yòu jí yòu nǎo
海，又急又惱。

zhèng zài zhè shí zhāng liáo huá zhe yì tiáo xiǎo chuán
正在這時，張遼劃着一條小船，
jiù chū le cáo cāo chèn zhe nóng yān táo pǎo le
救出了曹操，趁着濃煙逃跑了。

zhè jiù shì lì shǐ shang yǒu míng de　chì bì zhī zhàn
這就是歷史上有名的「赤壁之戰」。

liú bèi hé sūn quán lián hé qǐ lái　　yǐ shǎo shèng duō　　dà bài cáo cāo
劉備和孫權聯合起來，以少勝多，大敗曹操。

ér cáo cāo láng bèi táo pǎo shí　　bèi guān yǔ jié zhù　guān yǔ kàn zài guò qù de qíng fèn shang　fàng le tā yì mǎ
而曹操狼狽逃跑時，被關羽截住。關羽看在過去的情分上，放了他一馬，
cáo cāo luò huāng ér táo
曹操落荒而逃！

三國初鼎立

劉備領兵到了西川，本來想幫助益州的主人劉璋，可是劉璋的部下處處防備着劉備，還想趁機刺殺劉備。

副軍師龐統獻計，既然如此，不如藉此機會攻下益州。於是，劉備便領兵朝益州進發。

但是劉備進軍途中，遇到劉璋軍隊的強烈抵抗，傷亡很大，副軍師龐統也在戰鬥中被亂箭射死了。劉備只好派人去給諸葛亮送信。

諸葛亮看完了信，難過得
掉下了眼淚。

他安排關羽守衛荊州，告訴他：要跟孫
權搞好關係，小心曹操。

諸葛亮又命令張飛從旱路去西川，自己和趙雲從水路沿江而上。兩路大
軍一路過關斬將，與劉備順利會師。

　　劉璋急忙向漢中的張魯求救。張魯就派大將馬超帶兵攻打葭萌關，情況十分危急。劉備立刻帶上張飛、魏延等人，領兵增援。

　　馬超在城下叫戰，張飛火性上來，立刻騎馬出城迎戰。

　　這一天，張飛和馬超從上午戰到傍晚，殺了幾百個回合，不分勝負。

wǎn shang　　liǎng biān de shì bīng dōu diǎn zháo le shàng qiān zhī huǒ bǎ　　bǎ zhàn chǎng zhào de xiàng bái tiān yí yàng　　zhāng fēi
　　晚上，兩邊的士兵都點着了上千支火把，把戰場照得像白天一樣。張飛
hé mǎ chāo yòu zhǎn kāi le jī liè de yè zhàn
和馬超又展開了激烈的夜戰。

他們一直打到天亮，還是不分勝負。張飛回城休息，準備再戰。

這時諸葛亮也到了葭萌關。諸葛亮想用計策讓馬超投降。劉備有點兒擔心：馬超武藝那麼高，會投降嗎？

諸葛亮說：「馬超是被曹操打敗才投降張魯的，張魯本來就不信任他。要是我們派人到處說馬超想造反，張魯肯定會派兵防備他。到時候我們再勸馬超投降，他準答應。」

劉備覺得這計策好，就不讓張飛
再去打了，等着用計。

果然，不到半個月，張魯和馬超
鬧起矛盾來。馬超終於投降了劉備。

劉備得到了馬超，力量更
加強大，開始進攻益州。

劉璋一看劉備大軍壓境，猛將如雲，張
飛、趙雲、馬超等均有萬夫不當之勇，實在
沒法，只好打開城門投降了。

　　cóng cǐ　　liú bèi zhàn lǐng le xī chuān　 dāng shàng le hàn zhōng wáng　　lì liang yǔ cáo cāo　　 sūn quán bù xiāng shàng xià
　　從此，劉備佔領了西川，當上了漢中王，力量與曹操、孫權不相上下，
guǒ rán rú zhū gě liàng zài lóng zhōng suǒ yù jì de nà yàng　　 sān fēn tiān xià　　 xíng chéng le　　 sān guó dǐng lì　　 de
果然如諸葛亮在隆中所預計的那樣「三分天下」，形成了「三國鼎立」的
jú miàn
局面。

從小讀經典 1

三國演義

［明］羅貫中　著

圖 / 董俊
文 / 董宏猷（改寫）

責任編輯：楊　歌
裝幀設計：立　青
排　版：陳美連
印　務：劉漢舉

出版 / 中華教育

香港北角英皇道 499 號北角工業大廈 1 樓 B
電話：（852）2137 2338
傳真：（852）2713 8202
電子郵件：info@chunghwabook.com.hk
網址：http://www.chunghwabook.com.hk

發行 / 香港聯合書刊物流有限公司

香港新界大埔汀麗路 36 號 中華商務印刷大廈 3 字樓
電話：（852）2150 2100
傳真：（852）2407 3062
電子郵件：info@suplogistics.com.hk

印刷 / 美雅印刷製本有限公司

香港觀塘榮業街 6 號海濱工業大廈 4 樓 A 室

版次 / 2018 年 2 月第 1 版第 1 次印刷
2019 年 8 月第 1 版第 2 次印刷

© 2018 2019 中華教育

規格 / 16 開（226mm x 190mm）
ISBN / 978-988-8512-00-3